Verlag Michaela Naumann

Das Fränkische Schimpfwörterbuch

Allerhand *garschtiche* Wörter

von Klemens Ehrlitzer

Verlag Michaela Naumann

Gesamtherstellung: Danuvia Druckhaus Neuburg GmbH,
86633 Neuburg/Donau

8. Auflage, 1998

Die Zeichnungen für dieses Buch stammen von
Thomas Ehrlitzer, Würzburg
Titelseitenzeichnung von Lars Contzen, Nidderau

CIP-Titelaufnahme der Deutschen Bibliothek:
Ehrlitzer, Klemens:
Das Fränkische Schimpfwörterbuch/
von Klemens Ehrlitzer
Nidderau: Naumann, 1991
ISBN 3-924490-20-1

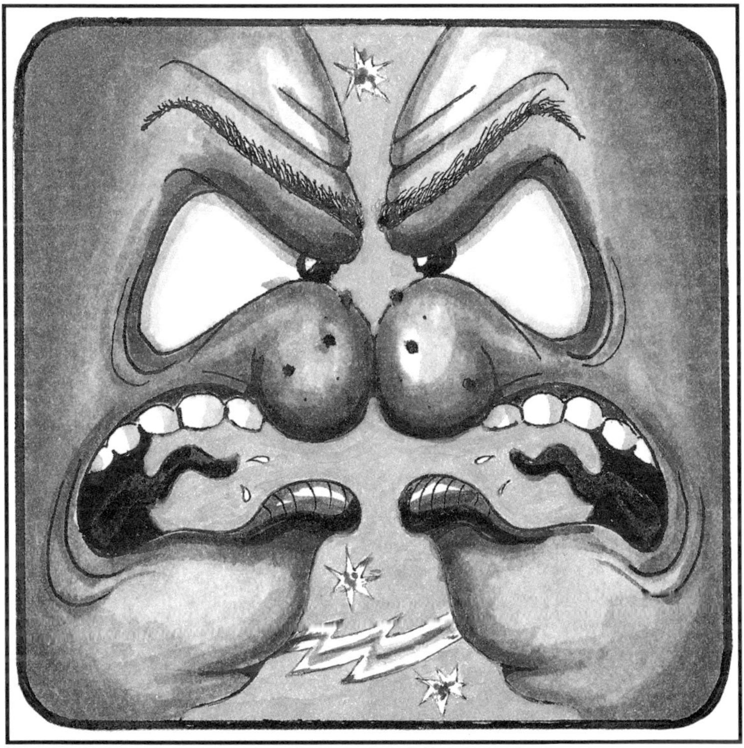

Härüffl – Mistbartl

Vorwort

Liebe Leserin, lieber Leser!

Als mein Verlag sich mit mir geeinigt hatte, daß die Sammlung von fränkischen Schimpfwörtern in einem Buch veröffentlicht werden sollte, war auch ganz nebenbei die Rede von einem passenden Vorwort. Kein Problem, dachte ich, wenn es soweit ist, fällt mir schon etwas Brauchbares ein.

Pfeufendeckl, nix wars, das Nachschlagewerk von A bis Z war fertiggestellt, aber das Vorwort weigerte sich standhaft, Gestalt anzunehmen.

Ursprünglich hatten der Verlag und ich vor, wie für ein so aufwendiges wissenschaftliches Werk üblich, einen prominenten, in Sachen fränkischer Mundart kompetenten und ansonsten eloquenten Gastautor zu gewinnen, der Ihnen, liebe Leserinnen und Leser, einige einleitende Gedanken zur Lektüre des vorliegenden Buches hätte mitgeben können. Doch dann kam mir eine viel bessere Idee: Die ganz normalen Leute, mit denen ich im alltäglichen Leben ständig zu tun habe, können doch noch schimpfen und fluchen *wie ihna der Schnobl gewachsn is*. Schließlich stammen aus ihrem Munde die gesammelten Ausdrücke dieses Buches. Also hier, von der Basis der streitbaren Franken, erwartete ich voller inbrünstiger Sehnsucht eine Flut von sprachlichen Vulkanausbrüchen, einen alles niederwalzenden Lavastrom fränkischer Schimpfkultur. Und, *Gottseisgepfiffenundgetrommelt,* ich wurde nicht enttäuscht. Freunde und Gönner, Nachbarn und Bekannte, alle sagten sie spontan ihre Hilfe zu. Ich war überwältigt. Nach wochenlanger Ungewißheit konnte ich endlich wieder einmal beruhigt schlafen.

Wieso sind Sie auf einmal irritiert, liebe Leserschar? Ach so, jetzt verstehe ich. Sie suchen vergeblich nach dem versprochenen Vorwort aus Volkesmund. Tja, es tut mir wirklich aufrichtig leid, aber eine beispiellose Aneinanderreihung unglücklichster Zufälle verhinderte das überwältigendste Vorwort, das je ein Fränkisches Schimpfwörterbuch hätte zieren können.

Einem möglichen Vorwortschreiber ging beispielweise der Papiervorrat ausgerechnet beim vorletzten Satz zur Neige. Der Rest der Papierrolle war schon für den ursprünglichen Verwendungszweck (in der Toilette) benötigt worden. Eine Hobbyschriftstellerin wurde mit ihrem Schnellkursus an der Volkshochschule „Wie schreibe ich ein Vorwort" nicht rechtzeitig fertig. Und zu guter Letzt stellte mein Nachbar plötzlich fest, daß er gebürtiger Hesse ist und somit der fränkischen Ursprache nur sehr bedingt mächtig. Sie sehen selbst, meine Pechsträhne nahm unbeschreibliche Ausmaße an. *Herrjettichna*, die Zeit wurde allmählich immer knapper. In wenigen Stunden sollte das Manuskript in Satz gegeben werden.

Es war immer noch kein Vorwort in Sicht. Langsam, aber sicher, näherte ich mich dem schleichenden Wahnsinn. Büschelweise raufte ich mir meine üppige Lockenpracht vom bleichen und über Nacht faltendurchfurchten Haupte (mit dem nur spärlich übriggebliebenen Rest an Haarwuchs bereite ich mich inzwischen seelisch auf den Beitritt zum Kreis der *Plattnköniche* vor). *Oh Sauerei, ganz schö bedeppert bin ich dagschtanna mit meim Talent.*

Jahrelang hatte ich in fränkischen Wirtshausstuben Nacht für Nacht den Streitgesprächen an den verschiedenen Stammtischen gelauscht, um gewissenhaft Schimpfwort für Schimpfwort zusammenzutragen. Notizblock und Bleistift waren meine ständigen Begleiter. Sollte nun diese aufreibende Mühe vergeblich gewesen sein? Sollte meine akribisch genau durchgeführte Arbeit am fehlenden Vorwort scheitern?

Aber ich bitte Sie, werter Leser, was fällt Ihnen ein, mich einen *Maulaff* zu nennen? Hä? Ein Buchautor, der Schwierigkeiten hat, ein paar Zeilen Vorwort zu Papier zu bringen, *wua geits denn sou öbbes?* Da haben Sie allerdings recht. Aber seien Sie vorsichtig, Sie haben es so gewollt. Beschweren Sie sich bitte nicht hinterher über den Schwachsinn, den Sie in diesem Vorwort über sich ergehen lassen müssen.

Herrschaftseitn, wie fang ich jetzt bloß an?

Also, ich glaube, mein Vorwort könnte beginnen mit ... Als mein Verlag sich mit mir geeinigt hatte, daß die Sammlung von fränkischen Schimpfwörtern in einem Buch veröffentlicht werden sollte, war auch ganz nebenbei die Rede von einem passenden Vorwort. Kein Problem ...

Halt, Sie *besserwisserisches Allerweltsgscheitla,* wenn Ihnen dieses Vorwort nicht gefallen hat, lieber Freund aus unserem schönen Frankenland, *nachert pflanzt Euch an Euern Schreibtiesch, nämmt en Stift nei die Händ, strengt Euer Härn e bißla o un prowiert amol, ober selwer was Bessers zammbrengt. Wenn was Ordentlichs dabei rauskummt, schickt's am besten schnall mit der Post an mein Verlach. Es possierlichsta Vorwörtla wern mir ganz beschtimmt in der zwätn Auflach veröffentlich.*

Ich bin schon *gschpannt wie a Flitzabochn* auf die zahlreichen geistigen Ergüsse, die sich hoffentlich bald auf unseren Schreibtischen häufen werden.

Bevor es richtig losgeht,

muß ich den zahlreichen *Streithammln*, die mir mit ihren unflätigen Beschimpfungen in unverschämter Art und Weise verdammt hilfreich waren, an dieser Stelle mit ehrlich rachelüsternen Hintergedanken ein *aufrichtigs Dankschö gsach.*

Sollte mir bei meinen umfangreichen Recherchen unter lebenden *Wörterbüchern* und in diversen Nachschlagewerken aus irgendeinem unerklärlichen Grund ein wichtiger Ausdruck verborgen geblieben sein, so bitte ich um schriftliche Benachrichtigung. Jeder treffenden fränkischen Schimpfvokabel ist die Aufnahme in die (durch den überwältigenden Erfolg dieses Buches sicher) notwendigen Neuauflagen gewiß. Eine passende Erklärung gehört natürlich dazu. Sie sollte den Sinngehalt des Begriffes widergeben. Sie darf aber, wie im vorliegenden Buch praktiziert, durchaus humorvoll angehaucht und mit so manchem ausgemachten Blödsinn gespickt sein.

Wenn Sie mit der Schreibweise eines Wortes einmal nicht einverstanden sind, so ist das ganz natürlich. Franken ist groß, und die Vielzahl der einzelnen fränkischen Dialektfärbungen ist kaum überschaubar. Deshalb ist es verständlich, daß Sie manche Schimpfwörter in Ihrer Region anders aussprechen, als sie in diesem Buch widergegeben sind. Begriffe, die überwiegend im oberfränkischen Raum Anwendung finden, haben wir mit (ofr.) gekennzeichnet, während Wörter, die aus der unterfränkischen Gegend stammen, den Zusatz (ufr.) erhalten haben.

So, und nun stürzen Sie sich in die Lektüre dieses Buches, um so die hohe fränkische Schimpfkultur zu erlernen!

Euer Klemens Ehrlitzer
Höchberg

Aktnkoupf

A

Aasgeier, kreist mit besonderer Ausdauer über den Gefilden, die in absehbarer Zeit eine lohnende Erbschaft versprechen.

Abbordprinzessin, sie trohnt zumeist auf Autobahnraststätten vor den Toiletten und überwacht den Einzug der *Pinkelsteuer.*

Abrahamskua, gibt Milch, hat aber einen Bart wie eine Ziege, sieht aus wie eine Ziege und ist letztendlich auch eine Ziege.

Absenatling, ein sturer und unnachgiebiger Kopf, der obendrein noch penibel ist.

Abstauwer, wenn zwei sich um etwas streiten, ist er der Dritte, der das Etwas an sich nimmt und auf Nimmerwiedersehen verschwindet.

Ächerla, ist am schräg-schiefen Blick zu erkennen, der vor Geistlosigkeit strotzt.

Ächser, mit zwei linken Händen gesegnete Person.

Äisl, diese Anlehnung an eine etwas störrische Tierart ist international.

Ärschleskinn, Kinn mit einem besonders auffälligen Grübchen.

Aff, spinnerta, unter den *tierischen* Schimpfwörtern eines der beliebtesten, läßt sich mit unzähligen Zusätzen verfeinern, zum Beispiel *gschtelzta Aff, wilder Aff, blöder Aff* und so weiter.

Aktnkoupf, pensionsberechtigter Mitbürger, der zu Scharen in den Amtsstuben unserer Verwaltung zu finden ist.

Allerweltsgscheitla, muß sich zu jedem Thema möglichst wortreich äußern; tut er dies, ohne echte Aussagen zu treffen, gehört er aller Wahrscheinlichkeit nach zur Gattung der Politiker.

Ami, leicht abfällige Kurzform für die Bewohner der Vereinigten Staaten von Amerika.

Anstandswauwau, Person, die auf Einhalten des Anstandes achten soll.

Antn, sie hat den gleichen watschelnden Gang wie ihr Namensgeber in der Natur.

Aqua gröbs, *lateinische* Bezeichnung für köstliches Mineralwasser.

Arsch, dieses fantasielose und vulgäre Schimpfwort entbehrt jedweder Kultur. Sie finden in diesem Buch deshalb keine Erläuterung (unter A, sondern der unterfränkischen Aussprache gemäß unter U wie *Ursch*, wo es auch gleich wesentlich weniger vulgär wirkt).

B

Baagribb, wandelndes Gerippe.

Baascheißer, ängstlicher Mensch, ein richtig schöner Feigling.

Babbler, geschwätzige Nervensäge.

Babbn, bösartiges Mundwerk, das alles gnadenlos aufs Korn nimmt.

Backoufnmaul, Mund, der so groß ist, daß ein *Bick Mäck* problemlos darin Platz hat.

Badscher, männlich, fummelt mit Vorliebe an verbotenen Stellen.

Bäckerdotschn, (ofr.) spöttisch für einen sich in aller Herrgottsfrühe erhebenden Angehörigen des Bäckerhandwerks.

Bärnbeißer, ist an Widerwärtigkeit und Unfreundlichkeit fast nicht zu überbieten.

Bagaasch, Oberbegriff für jede Art von Gesindel, das die Nerven der anderen strapaziert.

Bagaasch, bucklerte, die ach so heiß geliebte Verwandschaft.

Balatschn, undeutlich nuschelnder Zeitgenosse.

Ballongsicht, aufgedunsenes Antlitz.

Ballonkoupf, ein Schädel wie ein prall aufgeblasener Luftballon.

Bams, die Art von Kind, die Eltern in 60 Sekunden zur Weißglut treibt.

Bangert, nicht sehr beliebtes und in den meisten Fällen uneheliches Kind.

Barnes, Wichtigtuer.

Basn, eine weibliche Person, die so widerborstig ist wie ein Besen.

Bauernramml, ungehobelter Kerl.

Bauerntrampl, ist auch kein feinsinnigerer Typ als der *Bauernramml*. Um die ehrbare Bauernschaft nicht ungerechtfertigt in Mißkredit zu bringen, wird an dieser Stelle auf weitere Kombinationen mit dem Begriff *Bauer* verzichtet.

Baxl, vorlautes Kind.

Beißzanga, (ufr.) zänkisches Weib, kann zubeißen wie das gleichnamige Werkzeug.

Belfern, eine solche Frau zieht über jeden her, der ihr in den Sinn kommt.

Bertschn, unruhiger Mensch, der andauernd ein und aus geht.

Betongpanscha, so nennen Nichtmitglieder des Bauhandwerks etwas abfällig die Mitglieder des Bauhandwerks.

Bettsächer, Bettnässer, hat den Begriff *Wasserbett* falsch verstanden.

Bettwanzn, sein Bett heiß und innig liebender Faulenzer; er kann zur rasenden Furie werden, wenn man ihn weckt.

Beutlschneida, Mann mit ziemlich unfeinen Geschäftspraktiken.

Bfaff, so wird ein Angehöriger des Pfarrerstandes manchmal genannt.

Biebgöicker, stolziert mit geschwellter Brust einher und ist stets auf der Suche nach Streit.

Biebgöicker

Bierdimpfl, zeigt starke Zuneigung zum edlen Gerstensaft (in der Region Mainfranken wegen des ausgezeichneten Weins eine eher seltene Spezies).

Bimberla, muß sich überall in den Vordergrund drängen und wichtig machen.

Bißgurrn, bissiger Ehepartner, der eigentlich nur mit einem Maulkorb zu ertragen ist.

Bläckn, Frau, die mit ihrer lauten und schrillen Stimme jede Kreissäge übertönt.

Blärrer, vergreift sich häufig in Lautstärke und Tonfall.

Blasn, Kollektivschimpfwort; das hochnäsige Spießbürgertum läßt sich beispielsweise treffend als *gschneuzta Blasn* bezeichnen.

Blechschädl, redet andauern nur *Blech.*

Blindschleichn, schmeichelt den Mitmenschen mit eindeutig hinterlistiger Absicht.

Blinzaguckl, schielender Mensch: *Dar ko mit seim linkn Aach nei seina rachta Housataschn guck.*

Blitzgöicker, (ufr.) aufgedrehter Typ; benimmt sich wie ein *Göicker* (Hahn), wenn es blitzt.

Blöadl, Blödel. Die Bezeichnung *blöde* gehört zu den Klassikern unter den Schimpfwörtern und fehlt natürlich auch im Fränkischen nicht. Sie ist demzufolge in vielen Variationen anzutreffen, zum Beispiel *Blödmoo, Blöüdi, Blöadkoupf* und so weiter.

Blombnzieha, billige Faschingsbonbons, häufig von der Vereinigung der Zahnärzte zur Intensivierung des Geschäftes gestiftet.

Blouch, von extremen Übergewichtsproblemen geplagte, weibliche Person.

Bloudworscht, (ofr.) Frau, die so prall in ihren Kleidern steckt wie Blutwurst im Darm.

Blunsn, so bezeichnen Gassenjungen ihren alten, abgenutzten und durch das Fehlen des erforderlichen Luftdrucks schrumpeligen Fußball. Im späteren Alter benutzen sie dieselbe Bezeichnung für eine Frau, die der Beschreibung des oben genannten Fußballs nahe kommt. Wie gemein!

Böblfresser, Geizhals, und zwar so geizig, daß er sich von den Produkten seiner eigenen Nase ernährt. Igitt!

Börschtnbinda, sehr trinkfreudige, aber inzwischen fast ausgestorbene Berufsgruppe. *Dar säuft wie'ra Börschtnbinda.*

Börzl, kleiner unscheinbarer Mensch; auch das Hinterteil eines gebratenen Hähnchens wird so genannt.

Bolandi, Diener oder Depp für alles, *süch dir en annern, der dein Bolandi mecht!*

Bolleraachn, weit aus dem Schädel hervorstehende Sehwerkzeuge.

Bollersoock, jemand, der bei jeder Kleinigkeit lospoltert.

Bosnickl, ist dem Jähzorn mit Haut und Haar verfallen.

Bouck, hat den Charakter eines alten Ziegenbocks.

Bouck, lahma, Null-Bock-Typ, der allabendlich sein Bier vor der *Glotzn* trinkt und sich erbost über die schlechte Qualität des gebotenen Programms beschwert.

Braatschn, alta, auffallend breitbeinig einhergehendes Individuum, das Rolltreppen für den Rest des Lebens meidet, wenn die Feuerwehr es nach dem ersten Steckenbleiben hat daraus befreien müssen.

Brämaul, flennendes Kind; oder jemand, der undeutlich spricht.

Bratwörschtfinga, in der Form stark an eine fränkische Wurstspezialität erinnernde Finger.

Brechodlmannsquadschn, (ofr.) weiblicher Tolpatsch. Vertreterinnen ab ungefähr zwei Zentner Lebendgewicht aufwärts fallen unter diese Kategorie.

Brestl, eine Frau, die ganz augenscheinlich bei der Verteilung von Körperfülle wahrlich nicht zu kurz gekommen ist.

Bridschn, hat einen liederlichen Lebenswandel.

Briesla, weibliches Wesen mit der Spritzigkeit von abgestandenem Champagner.

Brunzkathl, aufgrund ihrer Unsauberkeit nach Urin riechende Frau.

Büchlbriettla, eine weibliche Person, die hinten und vorne so flach gebaut ist, daß man auf ihr Wäsche bügeln könnte (selbstverständlich nur, wenn man wollte).

Büchsnmacha, Ehepaar, das ausschließlich Töchter hat.

Büfflochs, streberhafter Typ.

Bumpl, ein gutgenährtes Weiblein, schon ziemlich betagt und mit Sicherheit nicht zu den intelligentesten zählend.

C

Casanova, passionierter Schürzenjäger.

Casanova, alta, pensionierter Schürzenjäger.

Chaotngsocks, wer grüne Haare liebt, sieben Sicherheitsnadeln in Nasenflügeln und Ohrläppchen verteilt hat und auch sonst etwas aus dem Rahmen fällt, wird von *Otto Normalverbraucher* gerne dazugezählt.

Charaktersau, der ganze Lebensinhalt besteht ausschließlich aus Fressen, Schlafen und was eine richtige Sau eben sonst noch alles tut.

D

Daabschwätzer, nervt die Mitmenschen durch dummes Geschwätz.

Daaml, ausgesprochener Dummkopf.

Dadderich, jemand, der sich sehr unsicher und zittrig bewegt; läßt sich im Geschlecht unterscheiden in *Daddermoo* und *Dadderfrääla.*

Dappertla, (ufr.) ein eher unbeholfener und ungeschickter Mensch.

Dickschädl, stur und unnachgiebig wie ein Mercedesfahrer auf der Überholspur einer überfüllten Autobahn.

Dilldapp, macht sich laufend durch albernes Benehmen lächerlich.

Ding, nissigs, hat den Eigensinn als auffallendstes Charaktermerkmal.

Dipferlesscheißa, Anhänger der absoluten Pedanterie, zieht die i-Tüpfelchen mit dem Zirkel nach.

Dörrmäula, (ufr.) *is a wengerla dörr ums Mäula;* ist etwas hager um die Mundpartie.

Doldi, dumme und obendrein sagenhaft ungeschickte Person.

Dollack, hat einen überdurchschnittlichen Verbrauch an Heftpflaster, wenn er einen Nagel in die Wand schlagen will.

Dolln, Weibsstück, das mit Dummheit reich gesegnet ist.

Dorfdepp, der in einer Dorfgemeinschaft anerkannterweise oberste Depp.

Dorgl, ist in Dummheit und Tollpatschigkeit absolut rekordverdächtig.

Dotschn, (ofr.) langweilige und linkische Person.

Draackhamml, (ufr.) nutzt seine Mitmenschen skrupellos aus.

Draackmensch, (ufr.) kommt häufiger mit *Draack* (Dreck) in Berührung als mit Wasser zum Waschen.

Draafdrescher, (ofr.) geht keiner Rauferei aus dem Weg, bei der er wieder einmal so richtig schön draufhauen kann.

Draameicherla, (ofr.) ist schnell wie eine Schnecke und ständig am Tagträumen.

Drachn, ein Tyrann von Ehefrau, droht ihrem Angetrauten fortwährend mit dem *Wendepunktlied. Wende punkt siema net derhemm bist, kannste dei blaus Wunder derlebb!*

Drachoner, energisches Mannweib, das einen knochenharten Feldwebel in jeder Kompanie abgeben würde.

Drähtlaszäicher, (ofr.) wenig schmeichelhafte Bezeichnung für den Berufsstand der Elektriker.

Dreggschleider, streitsüchtiges Klatschweib, hat einen diebischen Spaß daran, andere durch den Dreck zu ziehen.

Drehursch, (ufr.) überaktiver Mensch, mit einem Dynamo versehen, wäre er in der Lage, einen ganzen Haushalt mit Strom zu versorgen.

Driedschler, trödelt von früh bis spät herum; wer Herrn W. kennt, weiß, was gemeint ist.

Droll-Louch, (ufr.) ist überaus dick und immer weiblich.

Drutschl

Druckser, zögerlicher Mensch, der sich vor jeder Entscheidung drückt, und sei sie auch noch so klein.

Drudschn, fades weibliches Wesen.

Drutschl, aufgedunsene Dorfschönheit, belegt bei den Mißwahlen in Hinterschönhausen in schöner Regelmäßigkeit hintere Ränge.

Dunnerkeila, ein *Dunnerkeila* fällt entweder besonders positiv oder extrem negativ auf.

Dussl, tritt jedem mächtig auf den Schlips, ob er will oder nicht.

E

Ecknforzer, (ofr.) kann alles besser, glaubt sogar *um die Eckn forzen* zu können.

Eidimpfl, ist so unbedarft wie das noch nicht geschlüpfte Küken im Ei.

Eierkoupf, ihn erkennt man weniger an der Kopfform, als vielmehr am (fehlenden) Inhalt des Schädels.

Eigsaafter, (ofr.) ein Eingeseifter ist immer der Ausgeschmierte.

Eimätscher, (ofr.) umständliche Person, die bei der Zubereitung von Spiegeleiern die halbe Kücheneinrichtung *einmatscht.*

Eisnalbin, Mitglied der Schlosserzunft.

Eul, verrückts, setzt jede Schnapsidee sofort in die Tat um.

Euml, Dummkopf, von dem die Werbung früher behauptete, er fräße Gardinen.

F

Faachfeuer, eine dermaßen temperamentvolle Frau bedeutet für den Ehemann das Fegfeuer auf Erden.

Fachidiot, in den Grenzen seines Fachgebietes denkender, beschränkter Kleingeist.

Fäächer, sehr aktives Kind, das täglich mehrere Spitzbubenstreiche anstellt.

Fähnla, Kleid, mit dem eine Frau zwar auffällt, aber nicht gerade elegant wirkt.

Faslhannes, geht seinen Mitmenschen mit seinem *Gfasl* (verworrenes Gerede) mächtig auf die Nerven.

Fechtbruada, alta, er ist ein Meister im Ausnutzen von guten Gelegenheiten und staubt alles ab, was nur irgendwie möglich ist.

Fettsoock, man fülle einen Sack mit Fett und vergleiche diesen Anblick mit lebenden Exemplaren der Gattung Homo sapiens. Auf diese Weise ist anschaulich feststellbar, wer die Bezeichnung *Fettsoock* zu recht verdient.

Feuersprötzn, Ausdruck für ein Mädchen, das mit seiner faden und langweiligen Art jedes Fünkchen Lust augenblicklich zum Erlöschen bringt.

Fieschkoupf, aus dem hohen Norden stammender Küstenbewohner.

Fiesl, alter Geizkragen.

Flaaderwüüsch, (ufr.) junges, flatterhaftes und leichtsinniges Mädchen.

Flennmeicherla, Person, die bei jeder passenden und unpassenden Gelegenheit in Tränen ausbricht und dabei halb Franken unter Wasser setzt.

Förchhas, Angsthase.

Foosn, engagierte Mitarbeiterin der Firma *RLD* (Red Light District).

Forzaufleser, (ofr.) weil er überall zu spät kommt, bleibt ihm nur übrig, die *Förze* (Darmwinde) der anderen aufzusammeln.

Fraßsoock, (ufr.) unersättlicher Vielfraß, fängt unter drei Meter Sulzfelder Meterbratwurst gar nicht erst an.

Freibiergoschn, hat einen untrüglichen Instinkt, wo es etwas zu schnorren gibt.

Frooß, schlechtes Essen, Fraß. *Wos megstn heut zum Assn? Eingemachte Boudastiechn* (durch Einkochen haltbar gemachte Treppenstufen, die auf den Dachboden führen)!

Früchtla, durchtriebenes Mädchen.

Fuchtl, wenn *eener derhemm unner der Fuchtl stäht,* dann führt ganz eindeutig seine Frau das Regime im Haus.

Fuchtler, ein die Gestik übertreibender Mensch.

Fuchzicher, falscher, ihm traut man besser nicht über den Weg.

Funknmarie, weibliche Angehörige des Elektrohandwerks.

Funzl, diese Bezeichnung steht für ein Licht, das nur ganz schwach leuchtet. In diesem Sinne werden auch Personen so genannt, die geistig ein schwaches Licht sind.

Futteraaschkastn, Bauch eines extrem Übergewichtigen.

G

Gaawatsch, Schimpfwort für männliche Person; paßt fast zu jeder Gelegenheit.

Gääß, döarra, sehr schlanke Frau.

Gächn, Geige; eine Person, der man gerne einmal ordentlich die Meinung geigen möchte.

Gäferer, zorniger, vor Wut oftmals *gäfernder* (geifernder) Mensch.

Gärtlaschicksn, (ofr.) aufgetakelte *Dame,* die mit jedem *Pfingstochs* konkurrieren könnte.

Gäßbouck, Ziegenbock, muß immer bei anderen herummeckern.

Gagaratz, diebischer, kleptoman veranlagt wie eine Elster.

Gammlbruada, fährt faulenzend in der ganzen Weltgeschichte herum und futtert sich mal hier mal dort durch.

Gauner, garschticher, er kann sich nicht mit Recht und Gesetz anfreunden und die meisten Leute nicht mit ihm.

Gebabbl, dumms, wirres Gerede, *a dumms Gebabbl hat mer glei, ower kenn warma Kaasblootz* (unterfränkisches Sprichwort).

Gemöästrampl, (ufr.) Viehzucht betreibende Bauern bezeichnen so ihre Kollegen, die ihr Brot mit dem Gemüseanbau verdienen.

Geschtla, Mädchen, teils leichtsinnig, teils leichtgläubig, keinesfalls aber ist damit ein *leichtes Mädchen* gemeint.

Giegagatzubercher, (ofr.) Stotterer.

Giftnickl, (ufr.) nimmt sogar Nichtigkeiten zum Anlaß, sein *Gift zu verpritzen.*

Giftnudl, weiblicher *Giftnickl;* der Ausdruck soll auf eine Sage zurückgehen, wonach eine jähzornige Frau ihren widerwärtigen Ehemann mit *Arsenspaghetti* oder *Curaremakkaroni* vergiftet haben soll.

Giftzwerch, etwa 160 Zentimeter groß (oft auch kleiner) und in gereiztem Zustand gefährlich wie ein vergifteter Indianerpfeil.

Gigack, (ufr.) eingebildetes Mannsbild, das die Nase so hoch trägt, daß es fast hineinregnet.

Giitl, alte Schlampe.

Gimbl, scheint die Gebrauchsanweisung für sein Gehirn verlegt zu haben.

Gipskoupf, eher kalbt ein Stier, als daß er seine Meinung ändert.

Gischbl, ereifert sich gern und ausgiebig über die Fehler aller anderer.

Glotzer, Augen; *mach dei Glotzer uf* sagt man zu jemand, der wie blind durch das Leben geht.

Glotzn, vor ihr versammelt sich das deutsche Volk allabendlich zur Massenverdummung (Sie, lieber Leser, sind eine rühmliche Ausnahme, da Sie gerade mit der Lektüre dieses Buches Ihren Bildungshorizont erweitern).

Gnooschbeidl, (ofr.) nascht für sein Leben gern Süßigkeiten. Vor allem in der Vorweihnachtszeit müssen deshalb *Stolln un Platzli* (Christstollen und Weihnachtsgebäck) gut versteckt werden, damit sie den Heiligen Abend noch erleben.

Gigack

Gockl, versucht mit ähnlichem Imponiergehabe sein Glück bei den Frauen zu erreichen wie der *Gockl* (Hahn) auf dem Misthaufen. Sein Erfolg ist auch dementsprechend.

Goons, dumma, Weibsbild, dem man alles dreimal erklären muß (und am Ende fragt sie, warum man ihr alles dreimal erklärt).

Goori, schrulliger Kauz.

Goschn, etwas ordinärer Ausdruck für das menschliche Mitteilungsorgan.

Greinmeicherla, wehleidiges, überempfindliches Kind, das zum großen Leidwesen seiner Eltern leicht losheult.

Grischbl, stark unterentwickeltes Männlein.

Groaßgoschn, Großmaul, brüstet sich häufig mit einer Aufzählung sämtlicher Großtaten, die er seit seiner Kindheit bis zum heutigen Tage vollbracht haben will.

Großkopferta, abschätzig für (einfluß)reiche Persönlichkeit; zwar spielt die wahre Größe des Kopfes keine Rolle, statistisch gesehen ist es aber trotzdem erstaunlich, wie oft ein *Großkopferta* gleichzeitig einen *Klößkoupf* hat.

Grunzkistla, (ofr.) schüchterner Mensch, der aus Unsicherheit oft in seinen (manchmal nicht vorhandenen) Bart brummelt.

Gruschler, hat in seinem Heim Unmengen von *Gegruschl* (unnütze Dinge), in denen er eifrig *rumgruschlt* (herumstöbert).

Gschmaß, (ofr.) solche Leute sind in ihrer Evolution auf der Entwicklungsstufe einer Schmeißfliege stehengeblieben.

Gschteckla, auffallend gekleidete Frau.

Gschwartl, nichtsnutzige Menschengruppe, die immer zur falschen Zeit am falschen Ort ist.

Gsichtsmatratzn, wild wuchernder Vollbart im Gesicht eines Urfranken.

Gsocks, Sammelbegriff für zwielichtige Subjekte jedweder Art.

Gumbl, einfältige Person, deren größte Tugend die Dummheit ist.

H

Habberla, *TmbH* (Typ mit beschränkter Hirntätigkeit).

Hachdl, (ofr.) spindeldürre Frau mit Überlänge, sie sollte nicht zu lange bewegungslos im Garten stehen, da sich sonst die Stangenbohnen an ihr emporranken.

Hädackl, dummer *Dackl* (fast wäre es ein richtiger Hund geworden), der nur Heu im Kopf hat.

Hämoriddnschaukl, wackeliges Sitzmöbel.

Häringsbändicher, einer, der angibt wie zehn nackte Eisbären.

Härndipfl, Mensch mit absolut verrückten Ideen, zum Beispiel eine Verlegerin, die Schimpfwörterbücher herausgibt (der Autor).

Härnheimer, jemand, an dessen Intelligenz man zweifelt, weil er ein Schimpfwörterbuch verfaßt (dieser Kommentar stammt ebenfalls vom Autor; Selbsterkenntnis ist der erste Schritt zur Besserung).

Härüffl, ungeschickter Grobian.

Hätscherklaas, abwertend für Nikolaus oder Knecht Ruprecht.

Haftlesmacher, jemand, der übergenau aufpaßt; er gibt beispielsweise den Zucker körnchenweise in den Kaffee.

Hallodri, in den Tag hineinlebender Nichtstuer (im Grunde genommen ein erfolgreicher Mensch, der sich voll auf das besinnt, was er am besten kann: das vergnügliche Nichtstun).

Hamml, gscherter, solch ein Typ benimmt sich rücksichtslos wie ein Hammel nach dem Scheren.

Hamplmoo, ein *Hampelmann* ist leicht zu beeinflussen und hat keine eigene Meinung.

Hanskaschper, ein Kasperle mit Vornamen Hans oder eine lächerliche Person.

Hanswurscht, Wurst mit dem Vornamen Ha. . . Quatsch, ein Hanswurst ist eine ständige Zielscheibe für Spötter.

Haschbl, Narr, ist nicht ganz richtig im Kopf.

Hausdepp, Steigerung von Depp (von ihm behaupten die Leute, *äßn sei Eltern dreimal nei die Luft gschmißn ham, ower bloß zwämal aufgfanga).*

Hausdrachn, siehe auch unter *Drachn;* im Gegensatz zu einem Haustier ist der *Hausdrachn* nicht gezähmt.

Hebbergääß, über alle Maßen eingebildete und zickige Person.

Hebfl, Dummkopf; auf ihn paßt das fränkische Sprichwort: *Dia Weisheit gäht der Menschn noch, ower dia Menschn renna schnaller!*

Heilicher, komischer, dieser ziemlich seltsame Typ ruft allenthalben unverständiges Kopfschütteln hervor.

Heini, bredaler, hochnasiger und rücksichtsloser Typ.

Henna, blinda, das berühmte blinde Huhn, das hin und wieder auch ein Körnlein findet.

Hennaschwoonz, gerupfter, zerzauste Person.

Hering, mickricher, dürftige Figur, der eine größere Portion Fleisch auf den *Graten* ganz gewiß nicht schaden könnte.

Herschbreifritzla, (ufr.) *Hirsebreifriedrichlein,* Männlein, das sich anscheinend nur von Hirsebrei ernährt und deshalb keinen Mumm in den Knochen hat.

Hiasch, härnvernochelter

Hiasch, härnvernochelter, uneinsichtiger Kerl, dessen *Härn* (Hirn oder Kopf) mit einem *Briettla* (Brettchen) *vernochelt* (vernagelt) ist.

Hinterfotz, Bezeichnung für einen Mann, der seine Umwelt mit einer Hinterhältigkeit nach der anderen überrascht.

Hintern, menschliches Körperteil, das im rückwärtigen Bereich — genauer gesagt zwischen Rücken und Oberschenkel — plaziert ist und in der Regel eine zweigeteilte rundliche Form aufweist.

Hitzablitz, (ufr.) schnell aufbrausendes, lospolterndes Mannsbild.

Hobschalln, negative Bezeichnung für weibliche Person.

Hömmerleuchter, so tituliert man jemand, dem man zutraut, mit dem Nachthemd auf die Straße zu gehen.

Hörrleskaschper, scherzhaft für Teufel.

Hohlwechlauerer (ofr.) Straßenräuber; *Kosewort* für Finanzbeamte.

Hollabauzn, (ufr.) wenn man eine solche Person in den *Wengert* (Weinberg) stellt, sind die *Träubl* (Trauben) vor gefräßigen Vögeln absolut sicher.

Hollerfiggl, dummdreister Zeitgenosse.

Hopfestanga, sehr lang geratener Mitmensch, wird bevorzugt zur Hopfenernte in der Holledau eingesetzt.

Horchlappn, (ufr.) bildhafte Beschreibung einer etwas groß geratenen Ohrmuschel.

Hornochs, durch die Beifügung eines Horns hat er auch nicht mehr funktionsfähige Gehirnzellen als der gemeine *Ochs* (siehe dort).

Houlzapfl, (ufr.) langweiliges Individuum.

Houselootz, kleiner frecher Bub.

Housescheißa, macht sich schier in die Hose vor lauter Angst.

Hua, gerupfts, Frau mit einem heruntergekommenen Outfit.

Hudler, schluddrig und viel zu überhastet arbeitender Mensch.

Hüttn, alta, mehr liebenswert gemeinte Begrüßung einer guten (alten) Bekannten.

Hund, fauler, alles was nach Arbeit riecht, meidet er wie der Teufel das Weihwasser; sein Wahlspruch lautet: *Zum Assn täti mi garn schtell, wenni mi ner zu der Arwet läich könnet!*

Hundling, skrupelloser Mann, der jede Situation zu seinem Vorteil ausnutzt.

Hundsfozn, etwas, das absolut nichts wert ist, weshalb auch nicht näher darauf eingegangen wird.

Hupfdohln, abfällige Bezeichnung für weibliche Ballettmitglieder.

Hupfer, junga, Yuppie.

Hurrl, altes Weiblein, dessen Erscheinung an eine Hexe erinnert.

Hurwlherrla, Mann, der regelmäßig mit einem mächtigen *Hurwl* (Rausch) nach Hause kommt. Kommentar der gutmütigen Ehefrau: *Sei Laawern liecht halt auf der Sunneseitn* (seine Leber ist eben auf der Sonnenseite plaziert).

Hustnburch, bildhafter Ausdruck für ein Lungensanatorium.

Hutzlbäck, (ufr.) so wird ein Bäcker von seinen Kunden genannt, wenn er des öfteren seine *Weckli* (Brötchen) verbrennen läßt.

Hutzlsepp, altes ausgedörrtes Männlein, man sagt gern: *Laß dich hemmgäch, alta Hutzlsepp!* was übersetzt etwa heißen könnte: Laß dich nach Hause violinen, betagter Dürrobstjosef!

I

Idiot, eine Erläuterung ist überflüssig, dieser Begriff ist international verständlich.

Iichl, unsauberer Mensch; der Ausdruck kommt wohl daher, daß der possierliche Igel bisweilen einen penetranten Gestank verbreitet.

Ischa, abwertend für eine weibliche Person.

J

Jackl, spitzbübischer Strolch.

Jammerlappn, verweichlicht, mit seinem Schicksal hadernd, kurz der Versagertyp schlechthin.

Japsenschaukl, fahrbarer Untersatz japanischer Produktion.

K

Käszipfl, Person, die auch in sogenannten Jahrhundertsommern nicht braun wird.

Kaff, negativer Begriff für eine verschwindend kleine Ortschaft.

Kaffer, dummer, aus so einem trüben Nest stammender Kerl.

Kaffetantn, jeden Tag zwei Liter Kaffee sind die Mindestmenge, die diese kaffeesüchtige Evastochter zum Überleben braucht.

Kalbskoupf, in Sülze eingelegt — eine Delikatesse, auf zwei Beinen — ein naiver Dummkopf.

Kaloomers, durchtriebener Mensch.

Kamel, Person, die sich mit ihrer Dummheit selbst im Weg steht.

Kanonamaul, vor solchen Menschen sollte man sich in acht nehmen, sie gebrauchen ihr Mundwerk wie ein Maschinengewehr.

Karla, kleines Kerlchen, möchte zu gern ein ganzer Kerl sein.

Kaschperla, unselbständiger Mensch, der von anderen immer als Marionette benutzt wird.

Katzbuckler, unterwürfige Person.

Kauz, komischa, schrulliger Typ, der immer das Gegenteil von dem tut, was man von ihm erwartet.

Kesslflicka, jemand, der das gleiche schlechte Image pflegt, das die fahrenden Handwerksleute vergangener Zeiten oftmals hatten.

Kaschperla

Kindskoupf, ein zuweilen alberner und mit kindischen Ideen vollgestopfter Mann.

Kinnerschäßn, Kinderwagen, in diesem Gefährt werden zivilisierte Menschen auf den *vierrädrigen Traum von Freiheit durch Mobilität* geprägt.

Klachmudder, wann immer ihr Schlechtes widerfährt, ist es ihr ein Klaglied wert.

Klapperschlanga, das Reptil klappert gefährlich mit dem Hinterteil, bevor es seine Giftzähne einsetzt; das menschliche Pendant verspritzt sein Gift ohne jede Vorwarnung.

Klatschn, hat ein Kissen auf der Fensterbank, sieht und hört alles und gibt ihr Wissen ungefragt weiter.

Klettn, Mensch, dessen Anhänglichkeit überaus lästig werden kann.

Klössaachn, *mach näckstens dei Klössaachn* (Froschaugen) *auf, du fümfhöckerts Kamel* (ausgesprochene zoologische Seltenheit), *nachert tramplst annera Leut a näsmer auf die Höäneraachn* (Hühneraugen).

Klösskoupf, Haupt eines wohlgenährten Mannes.

Klubscherla, (ofr.) Glubschaugen.

Kluchscheißa, unverbesserlicher Besserwisser.

Knacker, alta, der Kalk rieselt bereits kräftig in seinem Oberstübchen.

Knätscher, (ufr.) träger, langsam arbeitender Mensch, dessen Lieblingsspruch lautet: *Die Ärwet is kee Froosch, die hüpft der net davoo.*

Knallfröochla, dummis, aufbrausender, aber ansonsten harmloser Zeitgenosse.

Knalltütn, gehört zu jener Spezies, die *einen Knall hat.*

Knaunzer, wehleidig jammernder Mann.

Knauserer, Geizhals, *dar tochanocht auf seina Krötn hockt* (der Tag und Nacht auf seinem zusammengerafften Geld sitzt).

Kneifzanga, wer in den eisernen Griff einer solchen Frau gerät, der kommt sein Leben lang nicht mehr heraus.

Knelfn, verbreitet mit Vergnügen den neuesten Klatsch hinter vorgehaltener Hand.

Kneutl, kleine, dicke Person, gnädige Zungen meinen von ihr, *sie wär racht guet üwern Winter kumma.*

Knicker, Geizkragen mit dickem Bankkonto; lebenserfahrene Franken kennen für die ungerechte Verteilung materieller Güter ein treffendes Sprichwort: *dar Teufl sch... ümmer aufn gröäßtn Haufn!*

Kniefiesl, typischer Beamtentyp: übergenau, kleinkariert und unbelehrbar (ein heute noch lebendes Beispiel ist Herr M.).

Knöärer, Mann, der dauernd meckert und antreibt, oder Kind, das laufend die Nachtruhe seiner Eltern stört.

Körnlesapostl, überzeugter Anhänger der ökologischen Ernährungsweise.

Kotzbrockn, fieser Kerl, dessen Erscheinen bei jedermann Brechreiz auslöst.

Kraakl, (ofr.) umständlich hantierende Hausfrau.

Krachhüttn, stark renovierungsbedürftiges Haus oder besser eine Bruchbude.

Krack, (ufr.) 1. Mensch mit einer Stimme, die stark an das Krächzen von *Kracken* (Saatkrähen) erinnert.
2. Bewohner der Marktgemeinde Höchberg (Wohnort des Autors).

Krampfbeutl, angeberisch veranlagter Mensch männlichen Geschlechts.

Krampfhenna, angeberisch veranlagter Mensch weiblichen Geschlechts.

Krauterer, widmet sich einer Beschäftigung stundenlang, aber ohne Ergebnis.

Krautstampfa, Beine, die nicht für die Minirockmode geeignet sind (was aber manche unvernünftige Besitzerinnen nicht wahrhaben wollen). (*Chauvi, die Verlegerin).*

Krawallschachtl, Frau, die keine Möglichkeit zu einer lautstarken Auseinandersetzung ausläßt.

Krawallstenz, männliches Gegenstück zur *Krawallschachtl.*

Krötnfuchser, geiziges, jeden Tag sein Geld zählendes Wesen.

Krückn, jemand, der erst beim siebten Anlauf sein Auto in der Garage unterbringt, oder ein Fußballspieler, der aus einem Meter Entfernung den Ball über das leere Tor drischt.

Kuah, dumme, dieses Schimpfwort beruht auf dem Vorurteil, Kühe seien dumm.

Kuahmaul, geschwätziges Klatschweib, gehässige Menschen behaupten von ihr, *äße e ganze Scholln Kaffe auf eemal nei die Goschn brengt* (ihre Mundhöhle soll nach Zeugenaussagen das Fassungsvermögen einer sehr großen Tasse haben).

Kümmerlestrater, (ufr.) Bewohner von traditionellen Anbaugebieten für *Kümmerli* (kleine krumme Gewürzgurken).

Kuttnschlurfer, scherzhaft für ein ehrwürdiges Mitglied einer klösterlichen Gemeinschaft.

L

Labbernickl, verweichlichtes Bürschlein, das vor jeder Herausforderung kneift.

Lachgoschn, (ufr.) albernes Wesen, das sich bei Nichtigkeiten immer wieder *kröpfert* (einen Kropf) lachen kann.

Lackaff, wäre sein *affiges* Benehmen lackiert, würde er es jeden Tag sorgfältig auf Hochglanz polieren.

Lackl, Mann mit Überlänge.

Läiting, (ofr.) Feigling.

Lästerer, läßt an Nichts und Niemandem ein gutes Haar.

Läusacker, *Koutschäk*-Frisur vom Feinsten oder einfach Glatze.

Läuser, Lausbub, hat nur Unfug im Kopf (schenkt der Oma mit Unschuldsmiene einen Kaugummi, so daß ihr künstliches Gebiß in stundenlangen und verzweifelten Bemühungen wieder einigermaßen von der klebrigen Masse befreit werden muß).

Läusknicker, ein Geizkragen und Pedant von allererster Güte.

Läusmuckn, Sommersprossen.

Läwerwörscht, beleidichta, reagiert in vielen Fällen überaus empfindlich, kann sehr nachtragend sein, wenn sie sich betroffen fühlt.

Lahmsieder, er lacht meist dreimal pro Witz: das erste Mal beim Erzählen, dann nach dem Erklären der Pointe und schließlich, wenn er den Witz endlich verstanden hat.

Lalli, (ufr.) Einfaltspinsel.

Lamech, (ufr.) unendlich langsam arbeitender Kollege mit zwei linken Händen.

Lampl, Tölpel, der wegen seiner Gutmütigkeit oft ausgenutzt wird.

Leckerlesscheißer, naschhafter Erdenbürger.

Leckermaul, ernährt sich überwiegend von Kaviar, Lachs- und Gänseleberpastete.

Leimsieder, (ufr.) strotzt vor Feigheit.

Leithamml, respektloser Titel, den Untergebene ihren Chefs sehr häufig *verleihen.*

Leutumschmeißer, Ausdruck für starke alkoholische Getränke.

Lootschntreter, (ofr.) sind an ihrem schlurfenden Gang zu erkennen.

Lotterbua, mit Recht und Ordnung nimmt er es nicht so genau.

Luader, Luder; ausgekochte, sehr durchtriebene Frauensperson.

Lüchabeutl, er lügt, sobald er seinen dummen Mund aufmacht.

Lümml, Assistent eines *Läusers* (Erklärung unter dem Begriff *Läuser*).

Luggi, stark von sich eingenommener Mensch, kommt an keiner Schaufensterscheibe vorbei, ohne seinem unwiderstehlichen Spiegelbild einen prüfenden Blick zuzuwerfen.

Luis-Trenker-Lawinestobber, klobiges Schuhzeug, das ab 2000 Meter über dem Meeresspiegel zur Standardausrüstung gehört.

Lulatsch, großer Kerl, dessen Fortbewegungsweise unbeholfen wirkt.

Lumbers, hat offensichtlich einiges auf dem Kerbholz, aber niemand kann es ihm beweisen.

Lumpngsindl, Mehrzahl von *Lumpensack.*

Lumpnsack, charakterloses Individuum.

Lusch, leichtlebiges Frauenzimmer.

M

Madz, (ofr.) mit allen Wassern gewaschene Person.

Mährlaflunkerer, (ofr.) erzählt unermüdlich Lügengeschichten, direkter Nachfahr des ehrwürdigen Baron Münchhausen.

Mäusmelker, haut jeden übers Ohr, sobald es auch nur schwach nach *Mäus* (Geld) riecht.

Mamahanserla, hängt seiner Mutter auf Schritt und Tritt am *Rockzipfl.*

Mampfer, wenn man ihn sieht, ist er am Trainieren seiner Kauwerkzeuge, sein Wahlspruch ist: *Assn un Trinkn helt Leib un Seel zamm ... und die mästa Leut laam davoo.*

Marcharetla, (ofr.) besonders naive Frau, die selbst wildfremden Menschen ungeniert und ohne Aufforderung die delikatesten Details aus ihrem Eheleben erzählt.

Mauläisl, es ist zum Teil eine unverschämte Beleidigung für die genannte Tiergattung, welch faule und träge Figuren mit seinem Namen beschimpft werden.

Maulaff, das in der fränkischen Sprache wohl am universellsten einsetzbare Schimpfwort, einige Beispiele sollen das belegen.
Wenn zum Beispiel jemand eine Einladung zu einem guten Essen verstreichen läßt, ist der *Maulaff* selbst schuld.
Nur *Maulaffn* prahlen mit ihrem täglichen Bierverbrauch.
Eigentlich hätte der *Maulaff* das Zeitungsabonnement nicht abbestellen müssen, wenn er anstatt der *Klobrille* seine *Lesebrille* benutzt hätte.

Geht ein Mann am Freitag, dem 13. nicht aus dem Haus, so ist er ein *owergläubicher Maulaff.*
Hält einer alle Wüstenbewohner für Wüstlinge, dann täuscht sich dieser *Maulaff* aber gewaltig.
Jammert einer, daß ihn seine Frau häufig verhaut, ja dann *hätt der Maulaff halt net heier* (heiraten) *söll.*
Wer sein ganzes Leben nur arbeitet, bis ihn ein *Herzkaschper* (Herzanfall) dahinrafft, der war auch ein *Maulaff.*
Wie man sieht, ist die Palette der Anwendungsmöglichkeiten groß, ein wahrhaft flexibles Schimpfwort, dieser *Maulaff.*

Maultaschn, (ufr.) Plaudertasche.

Mausdreeg, aafgschtellter, (ofr.) Wichtigtuer von der Größe eines abgesägten Gartenzwerges, wenn Sie den Hauptdarsteller des Kinohits *Ein Mann wie ein Baum – sie nannten ihn Bonsai* kennen, dann wissen Sie Bescheid.

Meckerziechn, Person, die an allem etwas auszusetzen hat. Sie könnte beispielsweise im Schloß Neuschwanstein wohnen und würde trotzdem über ihre bescheidenen Wohnverhältnisse *meckern.*

Meebrunzer, (ufr.) hiermit sind all jene gemeint, die nahe genug am *Mee* (Main) leben, um mühelos in die Wellen urinieren zu können (zum Beispiel in Ochsenfurt, Schweinfurt, Würzburg und so weiter).

Meerer, (ofr.) hat eine bewundernswerte Gabe, auf Anhieb die umständlichste Arbeitsweise zu finden, die er dann in extremer Zeitlupe zelebriert.

Millichbübla, Karl May würde ihn als ausgemachtes Greenhorn beschreiben.

Millichsuppngsicht, Person, deren Teint die dezente Färbung einer Milchsuppe hat.

Muckepatscher

Mist..., die Schimpfwort-Vorsilbe *Mist-* eignet sich hervorragend für unzählige Variationen, zum Beispiel *Mistviech, Mistkarl, Mistwatter, Miststück, Mistfink, Mistamsl* ... zwei speziell fränkische Begriffe sind nachfolgend aufgeführt.

Mistbartl, (ufr.) Mensch, der aussieht, als wäre er auf dem Misthaufen zu Hause. Zu allem Überfluß sieht er nicht nur so aus, als lebe er dort, er verbreitet auch den passenden Duft dazu.

Mistbritschn, (ufr.) Mundwerk, das eine Gefahr für die Menschheit bedeutet und folglich waffenscheinpflichtig sein sollte.

Mockl, man braucht unsäglich viel Mühe, seinen störrischen Geist von etwas zu überzeugen, auch wenn es noch so logisch ist.

Mördler, bei ihm triumphiert täglich die absolute Umständlichkeit. Wozu durch die Türe ins Auto steigen, wenn es doch ein Schiebedach hat.

Mordstrumm, ein *Mordstrumm Kerl* ist ein Superschwergewicht vom Fettesten.

Moustgöicker, seine enge Beziehung zum Apfelmost manifestiert sich zumeist in einem gut durchbluteten Riechorgan.

Muckepatscher, (ufr.) Torwart, der bei jeder Parade eine Riesenschau mit doppeltem Salto mortale veranstaltet.

Mucknpforzer, (ufr.) Angeber, der nur Fliegenwinde produzieren kann.

Mulfern, übermäßig dick in Kleidung eingehüllte Person.

Mumbfl, extrem mundfaul, verbale Äußerungen (zumeist in Form von mißmutigem Gebrumm) sind eine große Seltenheit.

Murkser, Handwerker der eher ungeschickten und depperten Sorte.

Muscher, flatterhaftes Mädchen, das häufig eine freche Lippe riskiert.

N

Nachteul, aufgedrehtes Weibsbild, das immer zur Nachtzeit aktiv wird.

Narr, sie sind leicht zu erkennen, solange *Foosenacht* (Karnevalszeit) ist, da sie dann eine *Narrnkappn* tragen. Den Rest des Jahres benehmen sich viele recht närrisch, auch wenn sie dann keine *Narrnkappn* tragen.

Nascher, *wenns nach sein Göschla is* (wenn es ihm schmeckt), kann er sich überhaupt nicht mehr bremsen.

Neidhamml, ist so neidisch, daß er den anderen noch nicht einmal ihre Zahnschmerzen gönnt.

Nifter, (ofr.) lästiger Frager, der vor Neugier fast platzt und sich durch nichts abwimmeln läßt.

Nooseböiwl, ekliger Typ; nähere Erläuterungen sind überflüssig, da der Vergleich mit dem Naseninhalt in halbfestem Zustand wohl eindeutig ist.

Nudl, dicka, Partnerin vom *spannalanger Hansl,* nennt sich oft auch *nudldicka Dern.*

Nuß, daabe, Person mit großmächtigem Auftreten und nichts dahinter.

O

Ochs, damischer, besondere Kennzeichen: überaktiv und niedriger Intelligenzquotient.

Öiltiechl, dieser Typus ist so aufregend wie eingeschlafene Füße.

Ökofutzi, abwertend für einen Anhänger der ökologischen Bewegung.

Ölgötz, (ufr.) schwingt am Stammtisch große Reden und zu Hause den Putzlappen.

Olaff, abgeschwächte Form von *Maulaff* (siehe dort), nicht zu verwechseln mit Olaf.

Orschl, (ufr.) teils liebevoll, teils abwertend verwendeter Ausdruck für weibliche Person mit kleinen Macken.

Oufenhocker, erstickt lieber im Stubenmief, bevor er sich eine kalte Nase holt.

Ousterbedz, aufgedonnerte Frau, behängt mit Ketten und bestückt mit Ringen, Broschen und Ohrringen. Sie sieht aus wie ein *lewendicher Christbaama*.

P

Päterli uf alle Suppn, Petersilie auf allen Suppen; Wichtigtuer, der sich überall einmischt.

Panscher, Weinbauer, der durch seine extrem hohen Wasserrechnungen auffällt.

Pappedäickl, langweiliges und unscheinbares Mannsbild.

Patschn, Klatschweib.

Patschweiwer, *e Patschmaul kummt seltn allee;* die unmittelbare Nähe eines solchen *Clubs* ist unter allen Umständen zu vermeiden, außer man legt Wert auf brandaktuellste Tratschgeschichten.

Pensl, afficha, affiger Pinsel; einfältiger Mensch, der sich in seiner übermäßigen Arroganz furchtbar fein vorkommt.

Peterlesbuem, *Petersilienbuben;* scherzhaft für junge Burschen aus der Region um Nürnberg.

Pfann, weibliche Person, bei der sich so mancher die Finger verbrennen wird.

Pfannaflickerbandn, Zusammenrottung von Streunern, gemeinen Strolchen und hinterhältigen Strauchdieben.

Pfannakuchn auf zwä Bee, Eierkuchen mit zwei Beinen; dicke Frau, die ein ansehnliches Hinterteil aufzuweisen hat, und von der man in Franken sagt: *Die hattn Ursch wie halb Bamberch.*

Pfennichfuchser, sein Verhältnis zum lieben Geld ist bei weitem inniger als das zu seiner langjährigen Ehefrau.

Pfingstochs, *guck ner amol, der hot sich wieder rausgeputzt wiera Pfingstochs,* auffällig gekleideter Mann, der augenscheinlich auf Brautschau gehen will.

Pfladschn, (ofr.) schlampige Person, deren gewaltige Körpermassen sich beim Setzen auf mindestens zwei Stühle ergießen.

Pflanzn, gehörig aus dem Rahmen des Üblichen fallende Person.

Pflenzbua, zu unüberlegten Verrücktheiten neigender Jugendlicher.

Pflocker, (ofr.) lebt in seinem Alltagstrott ohne Rücksicht auf Verluste.

Pflötschn, überempfindliche Person, die leicht zu weinen anfängt, natürlich immer im unpassendsten Augenblick.

Pförzbeutl, (ufr.) hat haufenweise die ausgefallendsten Flausen im Kopf.

Pfoifenkoupf, 1. negatives Wort für Schiedsrichter. 2. verbirgt seinen Verstand erfolgreich hinter Tabakqualm.

Pfopfern, (ofr.) geschwätzige Person.

Pfrutschl, ist von früh bis spät auf der bedingungslosen Suche nach Tratschgeschichten.

Pfütschgoschn, seine Lieblingsbeschäftigung ist die Verbreitung von zweideutigen Sprüchen.

Pfurz, (ufr.) 1. abgehendes Darmwindchen in Moll oder Dur von zart gehaucht bis kräftig geknattert. 2. kleinwüchsiger, umtriebiger Mitmensch.

Pfurzspalter, (ufr.) einer, der sich bei allem so umständlich anstellt, als müßte er Leibeswinde spalten.

Pfuscher, unglaublich kreativer Handwerker; wenn er eine defekte Waschmaschine installiert, schleudert anschließend beim Betätigen der Haustürklingel der Fernsehapparat.

Piepgöicker, jähzorniger Typ, der sich aufführt wie ein wildgewordener Kampfhahn auf dem dampfenden Misthaufen.

Pimperleswichtich, verschwindend kleiner Kerl und riesengroße Klappe.

Plärrmeichela, schreiendes Wesen.

Plattfuaßindichaner, mit *Quadratlatschn* (siehe dort) ausgestatteter *Lulatsch* (siehe auch dort).

Plattnkönich, diesen Ehrentitel darf jeder Mann in Anspruch nehmen, dessen Gesamtsumme der Kopfhaare die Zahl 192 unterschreitet.

Plempl, billiges, schlechtschmeckendes und zum größten Teil aus einem bestimmten Supermarkt stammendes Getränk.

Polterer, sucht ständig Streit, um entsprechend lospoltern zu können.

Pomadnheini, großspuriger Playboy, fährt immer den dicksten Schlitten und zieht am Strand stundenlang den Bauch ein, wenn sich weibliche Wesen in der Nähe befinden.

Postwägerlesschädl, Schädel, der in Form und Größe einem Medizinball ähnelt.

Preußnseidla, ein echtes *Seidla* Bier ist ein halber Liter. Da aber die preußischen Wirte alle schummeln und die preußischen Gäste sowieso nicht viel vertragen, wurde das Glas Bier in Gaststätten auf 0,4 Liter heruntergesetzt. Prost!

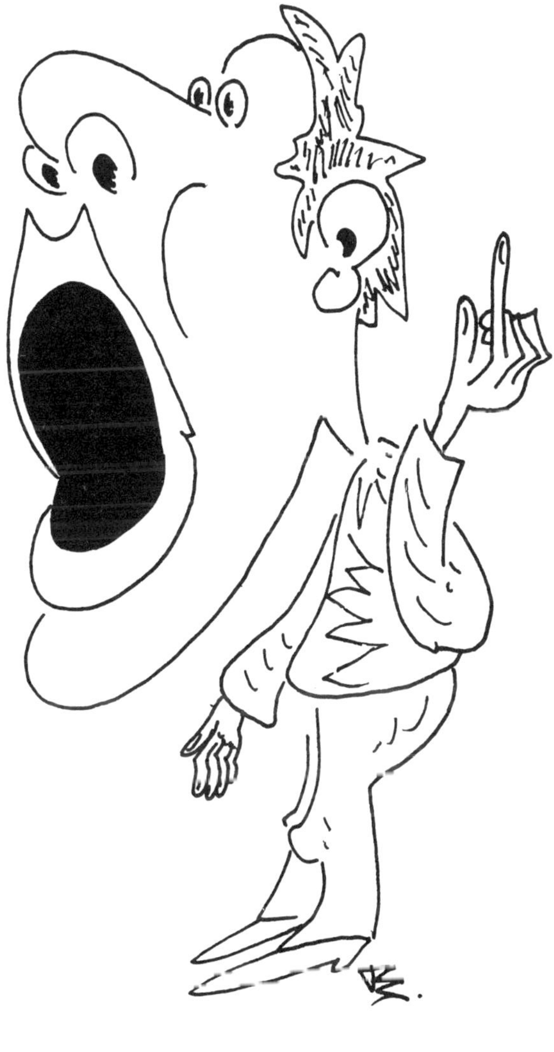

Pimperleswichtich

Priemelestöpfla, gäbe es eine Tombola für gesammelte Dummköpfe, sie wäre bestimmt der absolute Hauptgewinn.

Profidzippfl, immer nur auf seinen Vorteil bedachte Person.

Putzteufela, übertreibt den Ordnungssinn; in Franken sagt man dazu: *Dia schmeißt nuch die Stumm zum Fanster naus.*

Q

Quadratdepp, Depp hoch zwei; mit der Vorsilbe *Quadrat* . . . läßt sich jedes Schimpfwort potenzieren (Versuchen Sie es doch auch einmal).

Quadratlatschn, Füße, mit denen der Besitzer problemlos Wasserski fahren kann (für Fußball sind derartige Gehwerkzeuge ungeeignet, da der Betreffende schon mit den Zehen im Abseits ist, wenn er noch am eigenen Strafraum steht).

Quatschkoupf, beherrscht es ganz ausgezeichnet, seinen Mitmenschen mit immer neuem Unsinn auf die Nerven zu gehen.

R

Raaf, unsympathisches Weib.

Rachsau, Mensch, dessen einziger Lebensinhalt die Geldgier ist.

Raffkoupf, er hat keinerlei Motivation nötig, wenn es darum geht, an Geld zu kommen.

Raffl, *Mensch, halt hetzerla bloß dei Raffl, süst setzts a Puur häße Ohrwaschli* (Mensch, geh in dich und verschließe dein Schandmäulchen, weil dir ansonsten deine Ohren erwärmt werden).

Ramml, grobschlächtiger Mann, der mit seiner unüberlegten Art von einem Fettnäpfchen ins andere *rammelt.*

Rapplkoupf, (ufr.) jemand, dessen Verhalten den Schluß nahelegt, daß er reif für die Klappsmühle ist.

Ratschkattl, ihr aktivstes Organ ist das Mundwerk, das bei interessanten Neuigkeiten im Dorf oftmals gefährlich heißlaufen kann.

Rewolvergoschn

Ratschlouch, (ufr.) die schwarzen Löcher im All sind ebenso unergründlich wie die Quellen für den Klatsch dieser Quasselstrippe.

Reibeisn, mit einer derart kratzbürstigen Person hat man besser nichts zu tun.

Reigschmeckta, bedauernswertes Geschöpf, das in Franken lebt, obschon es nicht die Gnade der fränkischen Geburt genossen hat.

Rewolvergoschn, ein Rededuell mit ihr ist sinnlos, da sie ein wandelndes, fränkisches Schimpfwörterbuch darstellt.

Rindskamoffl, (ufr.) dieser Zeitgenosse ist ein selten dämliches Rindvich.

Rötznoosn, Rotznase, freches Kind.

Rollerbockl, (ofr.) tolpatschiger Kerl.

Rotzbrüh, wenn die Stammtischbrüder ein Bier so bezeichnen, kann der Braumeister seine Brauerei zumachen.

Rotzbua, Junge mit ausgesprochen schlechten Manieren, zum Beispiel wischt er seine *Rotzglockn* (üppig triefende Nase) grundsätzlich am Hemdsärmel ab.

Rülps, grobschlächtiger Mann.

Rütschn, alta, halb zerfallenes Wohnhaus.

Rumpumpl, ein aktives altes Mütterlein.

Rumranzer, (ofr.) rastloser Mensch, hat eine ganze Herde Hummeln im *Hintern* (Gesäß).

Ruschl, oberflächlich arbeitende Frau.

Ruuchl, geringschätziger Begriff für eine weibliche Person.

S

Sabbern, unentwegt über etwas meckernde Person.

Sack, fauler, um Arbeit macht er einen großen Bogen, sein Bett findet er allerdings auf direktem Weg.

Sächdabbn, *du siechst aus wie mei alta Sächdabbn* (ausgelatschte Hausschuhe, die man früher zum Gang auf das außerhalb des Hauses stehende Plumpsklo benutzte).

Säffebeutl, scherzhafte Bezeichnung für einen Friseur.

Säfnsieder, (ufr.) ein unbeschreiblich dummer und langweiliger Mann.

Säubangert, vor einem solchen Kind ist keine Fensterscheibe und kein Kirschbaum in Nachbars Garten sicher.

Säuhamml, *Schweineschafbock,* unangenehme männliche Person.

Saftheini, so wie in der Umgangssprache ein Saftladen ein seltsamer Laden ist, so ist ein *Saftheini* ein seltsamer Heini.

Salmfra, Tratsch und Klatsch über alles liebende Frau.

Schabrackn, (ofr.) nicht mehr ganz taufrisches Wesen weiblichen Geschlechts.

Schachtl, alta, am besten man macht den Deckel ganz schnell zu, dann hat man in Zukunft wenigstens seine Ruh'.

Schangankl, schlanker Mensch von erheblicher Körpergröße.

Schanz, alta, abfällige Bezeichnung für eine Frau älteren Semesters.

Schawelln, noch ein Schimpfwort für ein älteres Weib.

Schdießl, fällt überall mit seinen schlechten Umgangsformen auf.

Schessngaul, altes, klappriges Pferd kurz vor dem Zusammenbrechen.

Schieß, 1. knallender Darmwind.
2. kleine, quirlige Person.

Schisser, ist in einem Maße ängstlich, daß er vor seinem eigenen Schatten so erschrickt, daß er sich in die Hose macht.

Schlackn, Schlawiner, Spitzbube.

Schlafdabba, (ofr.) Mensch mit extrem langer Leitung.

Schlampn, in ihrem Haushalt sollte man sich nicht wundern, dreckige Socken im Kühlschrank zu finden.

Schlankerla, unsteter Bursche.

Schlawack, sein Grundsatz im Leben ist: Frechheit siegt.

Schliffl, ungehobeltes Mannsbild.

Schloarem, (ufr.) unordentlicher, nicht honoriger Mensch.

Schlock, ein unverbesserliches Schlitzohr, das man in dieser Reinkultur nur noch selten trifft.

Schloora, im neudeutschen Sprachgebrauch ein weiblicher Gruftie.

Schlouthex, *Kaminhexe;* eine schlampige Person, die aussieht, als wäre sie gerade durch den Kamin gekrochen.

Schlumpumpl, (ufr.) für diese etwas ältere Mitbürgerin sind Ordentlichkeit und Sauberkeit Fremdwörter.

Schmarrbeutl, Steigerung von Schmarrer; Zeitgenosse, der permanent den größten Unfug erzählt.

Schmarrer, hat immer einen dummen Spruch auf Lager, zum Beispiel während dem Mittagessen: *Des siecht aus, als hätt's scho ener im Mochn ghot* oder beim Anblick einer kinderreichen Familie: *Dia höms guat, dia könna sich jeds Johr a Kind mach.* Einem soeben frisch vermählten Bräutigam gibt er die Weisheit mit auf den Weg, *äß e Fraa wos Teuers is, äß mer ower a mästens racht lang dro hat.*

Schmiertiechl, Mann, der zu gerne an weiblichen Personen herumgrabscht.

Schnääbrunzer, zittert vor Feigheit so stark, daß ihm die Kniescheiben klappern.

Schnalln, Dame des ältesten Gewerbes der Welt.

Schnarchzapfn, Person, die gerne viel und vor allen Dingen sehr geräuschvoll schläft.

Schnepfn, gschtelzta, etwas zickige und sehr von sich eingenommene Frau.

Schnorrnwastl, jemand, der seinen Schnurrbart hocherhobenen Hauptes trägt.

Schöpleszwicker, sobald er eine Weinstube einmal gesehen hat, ist es für ihn unmöglich, an ihr vorbeizugehen.

Schouda, dieser Typ würde nicht so oft an Erstickungsanfällen leiden, wenn er langsamer essen könnte.

Schoufl, ein unehrliches und sich unanständig benehmendes Mannsbild.

Schpund, (ofr.) Mensch, der so dürr ist, daß er durch das Spundloch eines Faßes paßt.

Schraatz, schlitzohriges Kind.

Schrappnell, weiblicher Querschläger.

Schreckschraubm, alta, der personifizierte Alptraum eines jeden Mannes.

Schrumpl, heruntergekommenes Frauenzimmer, das wenig von Sauberkeit hält.

Schtaatsdoggn, (ofr.) ausgeflippte Frau in übertriebener *Kriegsbemalung* (zwei Pfund Makeup), bereit zum Feldzug durch diverse *Hupfschuppn* (Diskotheken).

Schtaatskarossn, lidschäfticha, Auto mit einerseits großen Mängeln, aber andererseits sehr geringen Chancen, bei der nächsten TÜV-Untersuchung noch einmal zu bestehen.

Schteckerlesbee, sehr dünne Beine, wirken besonders komisch in kurzen Lederhosen.

Schtouckfiesch, es ist meist schon eine aufsehenerregende Besonderheit, wenn dieser unhöfliche Zeitgenosse einmal einen ganzen, zusammenhängenden Satz spricht.

Schussl, seine schusselige Art macht ihn immer wieder zum unfreiwilligen Hauptdarsteller in Slapstickszenen.

Schwammajächer, (ofr.) übereifriger Pilzesammler, Todfeind des Steinpilzes.

Schwertgoschn, Frau, die für ihre messerscharfe Zunge eigentlich einen Waffenschein beantragen müßte.

Sefdl, manche Menschen sind dumm, andere sind noch dümmer und einige sind eben schlicht und ergreifend *Sefdl.*

Simpl, hält jeden Viertaktmotor für einen Adventskranz, weil er vier Kerzen hat.

Simplsfranzn, zottelige Ponyfrisur.

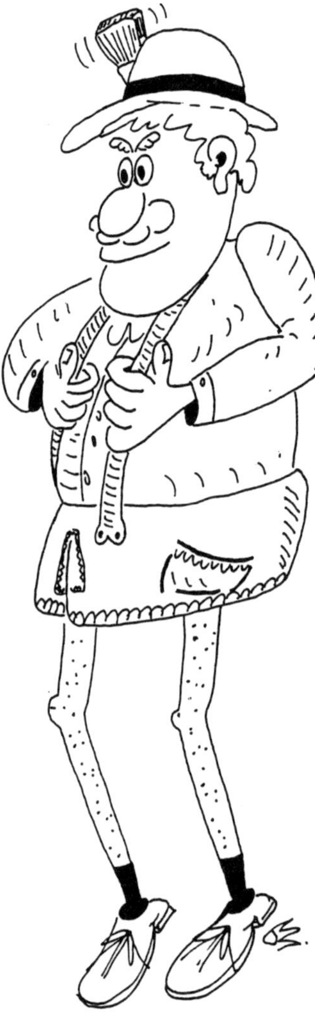

Schteckerlesbee

Spaabrönner, sehr sparsamer Mensch, verheizt auch noch so kleine Späne.

Spinnefrasser, (ufr.) den *Freßgewohnheiten* nach ein etwas überspannter Mann.

Spinotwachtl, plump wirkende und sich plump benehmende Frauensperson.

Spotzafrack, (ufr.) gibt eine sehr komische Figur ab in seinem viel zu kleinen *Komfermandnozüchle* (Anzug, der zur Konfirmation getragen wird).

Springgingerla, hüpft pausenlos um auserwählte Damen herum, um am Ende doch nicht erhört zu werden.

Spritzbüchsn, ebenso hemmungslos neugierige wie leider auch ungebremst mitteilungsfreudige, weibliche Person.

Stiftakoupf, (ufr.) halbwüchsiges, vorlautes Bürschchen, ist leidenschaftlich gern mit dem *frisierten* Mofa zu nachtschlafender Zeit zwecks Ruhestörung unterwegs.

Stinkerdotschn, muß an dieser Stelle nicht beschrieben werden, wenn Sie einer begegnen, werden Sie es riechen.

Storax, (ufr.) an Eigensinn kaum zu überbietender Mensch.

Streithansl, am laufenden Band Streit suchender Zeitgenosse.

Suckl, kleens, kleines Ferkel; bei dem Kind landet mehr Spinat an der Zimmerdecke als in seinem Magen.

Sulln, schlampiges Frauenzimmer.

Sunz, Frau: ein bißchen dick, ein bißchen schmutzig; oder: 1,5 Kilo Schmutz auf 150 Kilo Frau.

T

Taabedödl, er hat den energischen Blick eines Ochsen, den zielstrebigen Gang eines lahmen Erpels und den überragenden Intelligenzquotienten eines Zigarettenautomaten.

Tachblättla, bestens informiertes Klatschweib, das in manchen Dörfern wesentlich aktueller und obendrein viel sensationeller Nachrichten verbreitet als die Tageszeitung.

Täächaff, Teig quetschender Geselle oder einfach Bäcker.

Tarzan, er benimmt sich, als käme er geradewegs aus dem Urwald.

Telegraff, (ufr.) siehe *Olaff*, nicht zu verwechseln mit Telegraf.

Tölpl, aufgrund seiner langen Leitung ist es einfach, ihn zu übertölpeln.

Torkl, läuft zuweilen ganz schön neben seiner Kappe her.

Trallawatsch, Ehrenmitglied im Verein der Stumpfsinnigen.

Trampl, wo er real oder verbal hintrampelt, wächst bis weit ins nächste Jahrhundert hinein kein einziger Grashalm mehr.

Tranfunzl, eine superlangweilige Person, die so einschläfernd wirkt wie eine Flasche Baldrian.

Tratschtantn, eine allein ist absolut harmlos, aber wehe, wenn eine zweite dazukommt, dann geht die Klatschpost ab.

Taabedödl

Trina, Frau mit zwei linken Händen (ergo ist ein *Trinus* ein Mann mit zwei linken Füßen).

Tröädl, sauertöpfisches männliches Wesen.

Trottl, Standardbezeichnung für einen dummen und einfältigen Vertreter der menschlichen Rasse.

Trutzbouck, eigensinniger Vertreter, der immer mit dem Kopf durch die Wand will (dementsprechend sehen Kopf und Wand auch aus).

Tulpesetznoosn, (ufr.) lange, spitze Nase (zum Tulpensetzen geeignet).

Tusnelda, ein Weib, das aus dem Mittelalter entsprungen zu sein scheint, es fürchtet weder Tod noch Teufel und den eigenen Ehemann schon überhaupt nicht.

U

Ulmes, Kopf, der im Verhältnis zum restlichen Körper zu groß ausgefallen ist.

Ureul, Person, die schon zu Urzeiten etwas seltsam veranlagt war.

Ursch, Gesäß; dieses Wort ist der Ausgangspunkt zahlreicher Schimpfwörter. Der Gebrauch ist aber nach Möglichkeit zu vermeiden, da er seinem Benutzer nur geringe Fantasie und Streitkultur bescheinigt.

Urschbackngsicht, rundliche Gesichtsform, die einem wohlgenährten menschlichen Hinterteil sehr ähnlich sieht.

Urschgaggers, sich aufplusterndes Individuum, nimmt sich meist viel zu wichtig.

Urschl, dummes Mädchen, fällt auf jeden *Pomadnheini* (siehe dort) herein.

V

Verrecker, elender, kleiner quirliger Wicht, der seine vorwitzige Nase immer da reinsteckt, wo er gerade nicht soll.

Viech, dummes, einfältiges Luder.

Viechdokter, grober Arzt, der seine Patienten wie Viehzeug behandelt.

Vierung, Umfang einer *umfangreichen* Person.

Voll..., mit der Vorsilbe *Voll...* kommt die Wirkung mancher fränkischer Schimpfwörter erst so richtig voll zur Geltung, zum Beispiel *Vollidiot, Volltrottl, Volleul* und so weiter.

W

Waafer, wenn er einmal ins Reden gekommen ist, ist *er* nicht mehr zu bremsen.

Waafn, und *sie* auch nicht.

Wärchteifl, arbeitssüchtiger Mensch, der wahrscheinlich sogar während der *Sitzung* auf der Toilette Staub wischt.

Waldheini, so etwas ähnliches wie ein zurückgebliebener, fränkischer Tarzan.

Wallahensla, wer von dieser lästigen Klette erwischt wird, ist arm dran.

Wamberla, Bauchmuskelprotz.

Wanzn, lauert seinen Mitmenschen im Alltag auf, um eine günstige Gelegenheit zu ergattern, jemand *finanziell auszusaugen.*

Wanznburch, Absteige, in der das Mitbringen von Haustieren verboten ist, obwohl bereits zahlreiche *Haustiere* vorhanden sind.

Waschlappn, jämmerlicher Feigling.

Waschn, ewig brodelndes und giftelndes Waschweib.

Wasserschnalznkoch, (ofr.) Küchenmeister mit Anspruch auf die „Goldene Zitrone am dottergelben Band“, die alljährlich vom Club der Geschmacklosen verliehen wird.

Weckfraa, zooluggerda, *zahnlückige Brötchenfrau;* diesem Weiblein fehlt es eindeutig am nötigen Biß.

Weiwerschar, webbserd, wer einer derart aufgeregten Damenriege in die Hände fällt, der hat wahrlich nichts zu lachen.

Wamberla

Wengertschneckn, unglaublich langsame Person.

Wetterhex, eine Frau, die immer ausschaut, als wäre sie durch den größten Sturm gelaufen.

Windhund, Frauenliebhaber, der bei dem Wort Heirat so schnell verschwunden ist wie ein Windhund.

Winzling, wenn man nicht aufpaßt, kann man ihn sehr leicht übersehen.

Wörtlesklauba, pedantischer Zeitgenosse, der alles wörtlich nimmt.

Wulchern, Frau mit viel Fett vom Feinsten in Hülle (Gott sei Dank) und Fülle.

X

Xaversdeckl, topmodische Eishockeytrainer-Unsinnskopfbedeckung.

Xundheitsapostl, ißt nur Müsli, ist nicht im Xangsverein, ißt keinen Lax und scheint irgendwie Schwierigkeiten mit der Rechtschreibung zu haben (aber vielleicht wollte der Autor auch nur ein weiteres Schimpfwort unter X stehen haben).

Y

Yucca, auf diese (Yucca)Palme treibt es alle Autoren von Schimpfwörterbüchern, die verzweifelt versuchen Schimpfwörter mit den Anfangsbuchstaben X und Y zu finden.

Z

Zanga, (ofr.) verwendet neben der Zahnbürste noch einen Kamm zum Ordnen der Haare auf den Zähnen.

Ziechnbouck, alta, Mann im salomonischen Greisenalter, der entgegen aller Gesetze der Natur immer noch nicht aufhört, den jungen Mädchen im Dorf nachzusteigen.

Zigarettnbörschla, ist noch nicht trocken hinter den Ohren, riskiert aber schon eine freche Unterlippe, an der bereits ein Glimmstengel klebt.

Zimperlies, diese zimperliche Frau bricht sofort in lautes Wehgeschrei aus, wenn man nur in ihre Nähe kommt.

Zinkn, überdimensioniertes Riechorgan. Sein Besitzer kauft immer eine Dose Schnupftabak für das linke und eine zweite für das rechte Nasenloch.

Zinkn

Zipferla, wenn man dieser armseligen Figur bei der Arbeit zusieht, kann man nicht anders, als ihr zu helfen.

Zipperla, sehr alter Tattergreis.

Zocker, ist unheilbar der Sucht des Karten- oder Glückspiels verfallen.

Zottlbua, kommt zweimal im Jahr (Ostern und Weihnachten) zum Zweck der Körperreinigung mit Wasser in Berührung.

Zoug, grober Geselle.

Zuchtl, verwahrlostes, trödeliges Weib.

Zungaadfokat, mit an Sicherheit grenzender Wahrscheinlichkeit ist dieser Mensch, der einem das Wort im Mund umdreht, ein Angehöriger des Standes der Jurisprudenz.

Zuuchbeidlgoschn, (ofr.) ein Großmaul, muß überall seinen Senf dazugeben.

Zwiefltrater, abfällige Titulierung von Bewohnern eines Zwiebelanbaugebietes.

Bücher für Franken von Wilhelm Wolpert

A fränkischa Fraa
Die kummt een zwar teuer, aber – mer hat aa lang draa
In seinen neuen Geschichten und zahlreichen Gedichten über fränkische Frauen begegnet uns sicher kein Mythos, aber schon etwas Besonderes. Mindestens ebenso besonders wie jede Ehefrau, jedes Mauerblümchen, jede Geliebte, jedes Mädchen, jede Braut oder jede Mutter in Franken. Und der fränkische Mann? Der weiß das Besondere zu schätzen, auch wenn es manchmal deftig, aber immer humorvoll in diesem Buch zugeht.
80 Seiten, DM 22,00

Haut ab!
Des iss unner Feuer!

Geschichten von der »Fröhlich-Fränkisch-Freiwilligen Feuerwehr« von Wilhelm Wolpert
Richtig heiß her geht es in diesem Buch. Rund um den Alltag der Freiwilligen Feuerwehr sind seine in fränkischer Mundart aufbereiteten 14 Erzählungen, die aber alles andere als alltäglich sind, angesiedelt. Humorvoll zeichnet Wolpert dabei auch ein Bild seiner fränkischen Heimat.
88 Seiten, DM 22,00

So richtig ä anständigs Maulvoll
Fröhlicha fränkischa Liedli
von Wilhelm Wolpert
Wenn Wilhelm Wolpert mit Karl Kempf und Josef Hornung auf der Bühne steht, unterhält er sein Publikum mit seiner Musikgruppe »Das Hasenterzett«. So besteht dieses »Liederbuch des Hasenterzetts« aus fröhlich-fränkischen Liedern, zum Mit- und zum Nachsingen, zum Mit- und zum Nachdenken, zum Mit- und zum Nachlachen und natürlich zum Mit- und zum Nachlesen.
96 Seiten, DM 26,00

Liebes Christkindla ...
Weihnachtliche Geschichten und Lieder aus Franken
von Wilhelm Wolpert
Gedichte, Lieder und Geschichten hat Wilhelm Wolpert in sein Weihnachtsbuch aufgenommen. Besinnliches, aber zumeist vorwiegend Heiteres zeichnen dieses Buch zur fränkischen Weihnacht aus.
64 Seiten, DM 19,80

Herrgott, Dir wenn's nachging
Frech, fromm, fränkisch
von Wilhelm Wolpert
Mit seinen frechen, frommen, fränkischen Geschichten und Gedichten zeigt der Autor, wie man Witz und Humor mit etwas Nachdenklichem oder Besinnlichem verbinden kann.
64 Seiten, DM 19,80

Noch mehr Bücher für Franken

Die Maus
im Brotkärbla
Tierisches af fränkisch
von Jutta Döpfer
Einfach »tierisch gut« sind die vorwiegend heiteren Gedichte von Jutta Döpfer.
64 Seiten mit vielen Zeichnungen, DM 14,80

geblitzt
Lustig Gereimt's,
fränkisch gewitzt
von Emil Büchs
Kräftig Deftiges und liebevoll Einfühlsames vermischt Emil Büchs in seinen fränkischen Mundartversen.
64 Seiten, DM 14,80

Wenn's die Eva
ned gebm hätt
A boar Verschla
af fränkisch
von Jutta Döpfer
Lustige und lebensfrohe Gedichte mit Themen des täglichen Lebens finden sich in diesem Gedichtband.
64 Seiten mit vielen Zeichnungen, DM 14,80

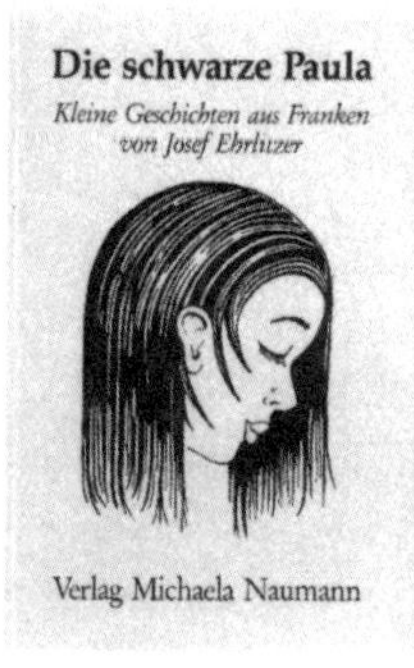

Die schwarze Paula
Kleine Geschichten
aus Franken
von Josef Ehrlitzer
Mit 19 kleinen Geschichten lädt der Autor zu einem Streifzug durch Franken ein. Heiteres und Anekdotisches findet sich hierin ebenso wie ein wenig Nachdenkliches und Beschauliches. Den hochdeutsch gehaltenen Geschichten geben die mundartlichen Dialoge ihren besonderen Reiz.
64 Seiten, DM 14,80

Max und Moritz
auf fränkisch
von Josef Ehrlitzer
Ä Buwesgschicht
in siem Öbbeli
Äußerst amüsant und herzerfrischend ist diese Mundartversion.
40 Seiten mit allen Abbildungen, DM 12,80